의자가 있는 언덕

김서곤 제2시집

시인의 말

첫 번째 시집
[사랑 날 그리다]를
세상에 내놓은 지 1년의 세월이
쏜살같이 지나갔습니다
돌이켜보면 출산은 아름다웠으나
허점투성이의 졸필에 창피한
민낯이 송두리째 드러남을
감출 수가 없었기에
금번 출판하게 된 두 번째 시집
[의자가 있는 언덕]은
더 깊고 달콤한 애정을 쏟은 만큼
덜 부끄러운 출산이 되었으면 하는
바람을 가져봅니다
격려와 응원을 아끼지 않으신
모든 분들께 진심으로 감사 올리며
늘 건강하시고 행복하길 기원 드립니다.

시인 김서곤

목차

QR 코드

스마트폰으로 QR 코드를 스캔하면
시낭송을 감상할 수 있습니다.

제목 : 푸른 물고기
시낭송 : 최명자

시인은 자연을 이야기하고 시낭송가는 자연을 품었다.
글자는 날개를 달아 언어로 날고 소리는 자연에 눕는다.

목차

목차

푸른 물고기

정말 궁금해
그대가 감추고 있는
놀랍고 이상한 힘의 정체는 무엇일까

내 심장을 어떻게 뛰게 하는지
난 왜 그대 앞에만 서면
피가 거꾸로 달아올라
온몸이 파래지며 정신을 못 차리는지

마법은 신비로워
어항 속에 갇힌
푸른 물고기가 되었어
매일 밤 하얀 드레스를 입는 꿈을 꿔

이런 게 사랑이라면
볼 수도 만지지도 못하는
운명에 기대보고 싶어
무엇으로도 그대 모습을 지울 수 없으니까

빨간 장미는
불운한 고통을 밀어내
푸른 물고기는
어항 속에 피는 장미꽃을 먹고 살지

미치도록 궁금해
무거운 운명의 힘이
내 자유의지에 부딪혀
달콤한 열망과 희망을 어떻게 날게 하는지.

제목 : 푸른 물고기
시낭송 : 최명자
스마트폰으로 QR 코드를 스캔하면
시낭송을 감상할 수 있습니다.

그 여자

훅! 들어와서

활짝 꽃으로 핀 너

환장하겠다.

공기

보이지도
만질 수도 없는
가벼움이지만

삶과
죽음의
절대적 무거움.

누군가를

바라본다는 건
꽝꽝 언 가슴속
겨울이 녹는다는 것.

그리워한다는 건
환희의 동산에 허기와 설렘
밀물처럼 가득 차 드는 것.

사랑한다는 건
온 우주의 모든 것이
위대한 기적으로 회오리 친다는 것.

사랑은
입으로 말하는
저항의 눈물이 아니다.

사랑은
봄을 기다리는
생명의 침묵, 욕망과 갈등의 대화다.

인생

문득 고개 돌려
한평생 어떻게 살았냐고
친구에게 묻자

툭 내뱉는다
이제 살만해지니
온몸이 안 쑤시는 데가 없다고

붉은 석양에 물드는
서쪽 하늘로
기러기 한 쌍
한가롭게 날고 있다

저러면 돼
함께 늙어갈 수만 있다면.

봄이야

가만히 들여다봐
개나리 옥매화 앵두꽃이 활짝 폈어
봄이야
우리를 찾아온 경이로운 축복들이지.

희망으로 출렁이는 행복이야
여기저기 신비하고 놀라운 비밀들이
옷을 벗고 있어
우리를 위해 속살을 드러내는 거야.

봄날은 요란하게 오지 않아
파란 하늘에서 바람과 별과 사랑으로
새벽에 몰래 오지
꿈을 꾸라고
봄에는 무조건 행복해야 한다고
아련하고 조용하지만 화려하고
달콤하게 방문하지
그러니까 사랑하라고 행복하게 지내라고.

봄은 알몸으로 침대에 누웠어
행복과 사랑을 안으라고 강요하지 않아
사랑하고 싶고 행복하기 위해 열정으로
갈망해야만 따듯한 몸을 허락하지.

행복은 멀리 있지 않아
사랑도 가까운 곳에 있지
너무 멀리 바라보고 있어 찾을 수
없는 거야.

자격은 필요치 않아
매일매일 기도해
허물어지는 삶을 바로 세워야 해
눈을 크게 뜨고 허무하게 사라져
가는 것들을 위로해봐.

햇빛을 먹어
실종된 자유를 불러 내
좋은 꿈 나쁜 꿈은 없어
뾰족한 모서리를 둥글게 만들어봐
누구도 비난하거나 길을 막지 않을 거야.

봄이야
가만히 들여다봐
영산홍 진달래 복사꽃이 활짝 폈어
우리를 찾아온 놀라운 축복들이지
비밀의 옷을 벗은 알몸 곁에 가만히 누워
귀 기울여봐.

상큼한 봄날의 냄새를 맡아봐.

장미와 그리고, 나

나에게 장미가
질곡(桎梏)의 데자뷔라면

나에게 5월은
즐거운 희망의 악보이며
하늘을 나는 바이올린이다

나부끼는 꽃잎 치닫는 봄바람이라
꽃잎 반짝이는 달빛 속 나는 누워
풀 끝 위에 부서지는 밤의 모닥불로
그대 가슴에 던져진 봄을 즐길까 한다

얼마나 신선한가
기도의 긍휼로 얼어 죽은 강팍한 사랑에 찔렸으니

얼마나 아름다운가
너의 이름 앞에 용서하지 못할 이유가 없으니

이제 은하수 거니는 빛나는 내 그림자여
비밀스러운 달콤한 키스에 너무 취해
황홀하게 죽어가는 새벽 별로
너의 묘한 매력을 이상하고 고요하게
그러나 조금은 사치스럽게 안아본다

그대, 붉은 입술빛 꽃
5월 절정의 사랑이여
램프의 흐린 불빛 달의 왈츠로 춤추고
멀리 새벽 빛발 내 가슴에 향기로 뜨면

떨어지는 밤
흩어지는 꿈
그 모두가 사랑이어라.

실비집

동백꽃 필 때 인연 맺어
동백꽃 질 때 떠나며, 동백꽃 다시
피기 전에 돌아온다 언약한,
동백꽃 피기 직전 어느 일요일
결국 싸늘한 주검으로 찾아온 사람.

춘희는
오직 당신만을 사랑합니다.

마르그리트 고티에를 닮은
동백 아가씨 춘희의 우울한 일요일
밤은, 30촉 붉은 전구 아래 헐떡이는 운명조차 거부하며
벗어날 수 없는 그리움이란
그물코 어망에 갇혀
쉴 새 없이 부서지고 또 부서져 내린다.

생선 비린내 범벅인 작은 항구에
어둠이 찾아들면
벽과 천정이 마른 동백꽃으로 뒤덮인 춘희네 실비집은
거친 뱃사내들 땀 내음으로 요란 벅적해지며
밤의 어촌은 활기로 되살아나지만,
오늘 같은 일요일 밤이면 그 흔한
늦가을 모기떼조차 자취를 감춘 채
항구는 쥐죽은 듯 조용해진다
춘희네 실비집이 문을 닫는 까닭이고
동백의 비밀을 간직한 그녀의 춘몽을
누구도 방해하지 않는다
춘희는 그럴 자격이 있는 동백의
순정이다

하룻밤 부나비 격정이지만, 사내들은
동백 아가씨 춘희를 숙녀로 사랑한다

춘희라는 새 한 번 울면
환한 달 귀퉁이 무너져 깜빡이고
춘희라는 꽃 한 번 피면
장단치는 젓가락 타들어 가는 환희가
사내들의 억센 심장마저 하얗게
태워버리는 까닭이다.

영화와 명예와는 거리가 먼 가난으로
이미 어린 시절 운명이 꺾인 것을 알았다
날마다 뭇 사내 품에 안겨 술과 노래로 살아도
하룻밤 스치는 단물이라 여겨
매일 매일 빗방울 주렁주렁 매달린
허망한 바람이라 치부했다.

그 해도 어김없이 북풍에 난설 번지는 깊은 어느 겨울의 밤,
실비집 마당에 쑥새 총총 울고
눈 수북한 뒷산 동백 빨갛게 입술
내밀 때, 그 사람과의 하룻밤은
생애 처음 찾아온 운명이라 생각했다

행복과는 먼, 외진 곳에서 버려진 몸이 되어
목 놓아 부르던 적막한 삶의 중심에
회오리쳐 들어온 낯선 사내

나 또한 좌절의 세월은 너무 길다고
생각하며 살아왔으나 이리 널 만나
사랑하게 되었으니 죽어도 여한 없다
춘희
이제부터 널 그리 부르마
나의 동백의 숙녀여!

그 사람은 돌아오지 않았다
동백꽃 필 때 인연 맺어
동백꽃 질 때 떠나며, 동백꽃 다시
피기 전에 돌아온다 언약한,
동백꽃 피기 직전 어느 일요일
결국 싸늘한 주검으로 찾아온 사람
춘희는
오직 당신만을 사랑합니다.

오늘도 스치는 길손들은 연기처럼 흩어지고
꺾을 만한 꽃이라서
헛되이 꺾는 하룻밤 풋사랑은 아니라
믿는 뱃사내들은
죽을 만큼 슬프고 아름다운,
차라리 가슴 저미는 농염한 춘희의
순정과
달콤하고 씁쓸한 외사랑의 이중적 측면에
여름날, 저 뜨거운 태양처럼 타올라
정열적으로 뒤척이기에
더욱 간절해지는, 빛처럼 환하게 빛나는
그리움의 전설에 입 맞춘다.

생애 처음으로 찾아왔던 운명에게
마음도 영혼도 모두 줘버린 동백의
숙녀는, 마르그리트 고티에를 닮은
동백 아가씨 춘희의 우울한 일요일
밤은, 30촉 붉은 전구 아래 헐떡이는 운명조차 거부하며
벗어날 수 없는 그리움이란
그물코 어망에 갇혀
쉴 새 없이 부서지고 또 부서져 내린다.

나 오늘
뜨겁게 울면서
당신과 매몰찬 이별 앞에
가지 말아라 치맛단 붙들고
서럽고 애달프게 동정을 구합니다.

간다면
꼭 가야 한다면
내 쓸쓸함의 위로로
푸른 달과 수줍은 별의 이름으로
언약해 주길 바라로니,

나 홀로
꽃 피는 계절
그대 숨결 망각의
눈동자로 외면하지 말고
사악하지 않은 불길로 입 맞춰 주길.

이제, 안달하지 않는
기다림으로
저고리 고이 접으려 하노니
피보다 더 붉은 동백의 꿈을
화사한 봄과 함께 기억해 주오.

짝사랑

넋이 베인다

배꽃 날리는 달밤

바람일진대.

선문선답(禪問禪答)

낮에는
태양 하나만 뜨는데
밤에는
어이해 달과 별이 뜬다고 생각하느냐?

분별하는
지혜로 보니
참숯의 불빛이
맑고 영롱하더이다.

우문우답(愚問愚答)

인간이 어떻게
빵만으로 살 수 있지?

걱정도 팔자
그럼 밥 먹으면 되지.

철새는 날아가고

날개 부러진 새
치료하고 보살펴 주었더니

봄바람 불자
쌩하니 날아가 버리고

새장 안에
새똥만 가득하네.

화장(化粧)

꿈을 꾸었다
널 보려고

꿈이 깨졌다
악몽 때문에.

사진

효선의 복잡한 상념은 쩔쩔매기 시작한다.
흑백사진 속 아버지 얼굴에 고정된 시선은 자잘하게 바들거리며, 세월에 먹힌 거야, 아버지는! 사진 속 아버지 얼굴을 비추는 햇살은 우울한 어제와 어두운 망막에 꼭꼭 숨은 오늘의 경계에 머물고 있다고 생각한다. 오랜 어머니 병시중에 탈 많은 일곱 자식 뒷바라지가 아버지의 세월을 울무에 가둔 거라고. 아버지 삶의 방식은 처참한 흔적만 남겼어. 절대 무릎 꿇지 않아. 효선은 생각했다. 헌신적인 아버지의 고단함은 존경하지만 무모하게 살지 않겠다고. 내 삶도 하나쯤 있어야 한다고. 하지만 알고 있다. 생각과 달리 그녀 또한 아버지의 길을 가고 있다는 것을. 아버지 딸이니까.

5월: 봄의 귀천(歸天)

봄날은 온다 봄날이 간다
아름다운 꽃이 피더니 눈길 한번
제대로 건네지 않고
꽃은, 꽃은
아쉽게, 아쉽게 지더라
날 버리더라.

5월은 생의 절정으로
제 몸 버리는 한풀이 소멸의 순간
5월에는 하늘로 돌아가는
꽃들의 황홀한 날갯짓이 슬픔으로
속수무책이다.

낮술에 취하지 않았거늘
가장 아름다운 숙녀
화녀(花女)는
굶주림과 갈증의 이별에 능숙해
찬란한 최후로 선연한 열망을 전송한다.

허물어진 기억 저편에 너는
울긋불긋 치장한 뜨거운 열정의
젊은 녀석과 눈 맞아 냉정하게 날
버리고 떠나더니 까칠한 입맞춤까지
흥얼거리며 화사한 자태로
너무도 당당하게 돌아왔지.

난 미움도 원망도 감히 내색조차
하지 못한다
짧게 머물러 황홀한 추억만 남기고
주체할 수 없는 까다로운 바람기 동해
또다시 날 버리고 가버릴
눈물 속에 안녕하는 사랑이 아니던가.

언제나 수줍고 부끄러운 동정녀로
왔다가
어느새 농염한 숙녀로 돌변해
폭풍 같은 화염으로 제 몸 훨훨 태워
미치게 하는
5월의 불꽃이다, 넌.

차라리 키스하련다
부서져라 깊게 포옹하고 후회 없을 만큼 유희하고 말 테다
새벽 달콤함으로 왔다가 아쉬운 미련의
해바라기 꿈 사이로
귀천을 꿈꾸는 고혹의 화녀.

나의 사랑이 또
바람나 떠날 거라며
마지막 키스로 분홍빛 노을처럼
내 몸을 부순다.

봄의 귀천(歸天)
문득 눈이 떠지는 아쉬움의 메아리여!

봄날은 온다 봄날이 간다
아름다운 꽃이 피더니 눈길 한번
제대로 건네지 않고
꽃은, 꽃은
아쉽게, 아쉽게 지더라
날 버리더라.

여름 이야기

아마도

너인가 봐

흥얼거리는 바람결에

처절한 매미 울음소리가

심장에 묻어둔

빛바랜 추억을 흔드는 걸 보면.

개자식

그 여자의 몸에 붙어
매미처럼 울었다

엄마 가슴을 닮았어
이불 안에 두 발을 포개고 싶어
슬몃슬몃 웃는 모습에 환장하겠어
그러니 미치게 사랑하는 게
당연하다고 해놓고

봄꽃이 여기저기 피어나자
첫새벽 다급히 꽁지 감추니
그 고운 입술로,

개자식!

머리를 감싸 쥘 수밖에.

별 젖

밤에는 반짝반짝 빛나던 저 별이

새벽이 되자 서서히 빛을 거두네

꽃들 앞다투어 여기저기 피는 걸 보니

밤새 별 젖 물고 키가 쑥쑥 자란 모양이다.

쉿, 넌 유혹

내 삶에 널 끌어들인 것을
고단한 그리움 곁에 온몸 가려운
착각이라 생각하지 않는다
너의 다정한 아름다움과
너의 애틋하고 멋진 노래가
날 조롱하듯 네게 빨려들게 했고
오묘한 조화의 꼬인 사슬에
길이 끝나는 곳까지 칭칭 감겼으니까.

넌 흐르다 멈추며 시들어 앙상하게
말라 있어도
달콤한 향기로 잔인한 운명을 유혹한다
심장 중심에서 울리는
엄청난 북소리에 지진과 폭풍이 일어
온 우주가 파편으로 깨져도 좋다.

네가 몸 전부로
즐거워 기쁘고 행복하다면
네가 슬퍼 울지 않고
깔깔 소리 내어 웃을 수 있으면
나는 녹아내리는 그리움으로
널 사랑하되
나는 절망과 공허와 아픔으로는 끝없이
후회가 없으리라.

손끝에 닿지 않는 노을이 지나가는
갠지스강에
곱게 화장한 나의 뼈를 뿌리는 날에도
설마 이것이 이별인가 궁금해하겠지만
밤이 자고 인생이 끝나는 날까지
넌 나의
손잡은 연인이고
부풀어 터지는 눈물이 지배해도
난 너의
유혹에 저리는 사랑이다.

죽고 사는 것은
사랑,
그다음이다.

팔레트 (palette)

팔레트에 물감을 짜내는 그녀의 손이 떨고 있다.
물감을 섞어서 빛깔을 내야 하는데 몹시 잔 신경을 쓴다.

음악에 대한 꿈을 버릴 수 없어서 그런지
몰라도
팔레트에 물감을 짜려는 순간마다
미친 음표가 눈앞을 오락가락하는 탓에
도통 집중할 수가 없다.

처음엔 물감의 색을 음표로 대신했고
나중에는 패널 위에 곡을 연주하듯 페인트브러시를 역동의
자세로 휘갈겨 보았으나
자신이 원하는 색채를 뜯어낼 수가 없다.

음표의 조화와 색채의 배합은
어떤 병곡점 차이 사이에 누웠을까.

그녀의 어머니의 어머니는 색을 사랑했고 어머니의 언니는
흑백의 건반을 잘 다스렸다
어머니가 굳이 그녀를 색채 속으로 밀어
넣은 것은 언니에 대한 미묘한 자격지심은 아닐까.
패널 위를 거니는 고단한 붓은 단순한
노동에 지쳐가고 있다
그녀의 풀어진 망막에 맺힌 팔레트의
물감은 외로움의 그림자만큼 불행한
우환에 빛을 잃어간다.

아버지와 딸

간절한 기도로도 채울 수 없어
길을 찾지 못해 시끌벅적하던
아버지의 주사(酒邪)에
불현듯 아름다운 휘청거림이
미련 없이 훨훨 날아오르며
살포시 쓴술이 단술로 바뀐다.

당신의 등을
토닥이는 하얀 앵두꽃 같은
“아빠, 힘들어? 나 오늘부터 밥
조금씩만 먹을게.”
어린 딸의 숨죽인 손길에
살점이 떨어져 나가는 칼질 때문.

이슬

풀 끝에
사랑이 피고 집니다

꽃이 왜 피는지
묻지 마세요
등불은 언제 밝히는지도
알려고 하지 마세요

그 기다림을 즐기는
설렘은
따듯한 이슬 한 방울에
당신 마음 흔들어 버릴 테니까요

풀 끝에
참 좋은 사람의 미소가 보입니다.

버선

하늘과 땅 사이
차가운 바람 이는데

살포시 올라간 마늘 각시
이 밤을 홀로 그림자 외롭고

푸르다 못해 붉은 달빛 아래
하얀 눈물마저 꽃 피운다지만

밭 갈고 약초 캐며
늙는 길 마다치 않으시는

어머니 굳은 발 더럽힐까
괴로움도 새벽 같은 깨끗한 속내여

무명베 밝게 빛나는
기이하게 흘러넘치는 빼어난 맵시로

봄 여름 가을 겨울
마음과 몸을 던지더니

화사한 꽃들 꿈속을 헤매고
서쪽 바람에 만 리의 괴로움에도

부끄러워 울지 못하는 소녀처럼
고단한 세상사 흐름 함께 한다네.

물처럼 억새처럼

착한 순응으로 누워지는
깊은 함수로 피운 논리적 공식이다

어떤 날의 인생 사진처럼
비켜 타며 서 있는 그대 뒷모습으로
후드득 내리는 비는

시들기 전
어제의 태양으로 더 환한 시간에
내게로 와 피어나는 하나의 설렘

햇볕 두꺼운 날 갈꽃에 걸린
출렁이는 그리움은
바로 그대라는 환한 쉼표

범람하는 눈물로 수놓은
그대 향한 청잣빛 고백은
물처럼 억새처럼 묵묵한 사랑이어라.

옹슬(擁膝): 이상한 논리

잃어버렸는지 놓아버렸는지
해가 질 때쯤 낡은 탈은 몸을 떨고
호수 위를 걷는 물장난치는 하늘이
옛적부터 불을 놓은 듯 남루하게 벌겋다.

전생의 꺼풀을 벗고 산을 넘는 바람은
무거워진 겸허한 종을 흔들고
네 잎 클로버가 하늘을 날아오르자
쪼그린 모나리자는 벽에서 떨어진다.

오도송(悟道頌)

절정의 내적 감성은 융합을 갈망하고 저 하나
삭과 망을 오가는 옹골차고 음험한 어둠 속에
아롱다롱 빛나야 할 헛디딘 별들이 와장창 쏟아져
어진 마음의 샘처럼 솟는 진자 운동으로 돋아 오르는 싹이
힘차게 살을 주고 마음 줄 때면
잠결에 일어나 닭울음소리에 까닭 없이 눈물을 왈칵 쏟아낸다

슬픔은 슬픔이고 미흡함은 심오함이라
나는 불현듯이 박제되어 가증할 실의가 깃든다

세상의 흥망성쇠로 흔들 마음이었다면
오도송(悟道頌)은 참으로 한가로운
근심 일세나.

오도송(悟道頌) 2

안팎이 하나로 참 맑은 눈물
한 방울의 무언으로도 마음은 범람하네.

울고 가는 바람조차 들숨 날숨 쓸리니
넋두리 두드려 단풍잎을 녹여 안네.

연꽃

그런 넌,

꽃이라 부르기조차 미안한
황홀하게 타오르는 영혼의 겸허함이고

삶이 짓누르는 무게만큼
사랑스럽고 아름다운 어여쁜 누이이며

낮은 곳에서 피어
산보다 높고 큰 비움의 지혜를 베푸는

엄마의 고요한 심장과 나눔의 등불로
자비와 축복의 성스러운 위로다.

그런 넌,

평안의 향기이고
청순이란 선혈로 낭자한 사랑꽃이다.

홍련

넌
태양의 눈물

천사의
고요한 순정이다

허망한 인생에
뜨겁게 안겨 온 봄, 봄, 봄

어둠 밝히는
환한 촛불로 타오른다

넌
아마도

눈부신 아침을 위해
그리 제 몸 태우는 모양이다.

수련

해탈이란 것이
저리 현신한 모양이다
질퍽이는 뻘에서
티 없이 맑고 눈부신 순결로 피다니.

아! 그랬구나
더 이상 꽃 피울 수 없는 날
스스로 물에 빠져 생을 마감하려고
저리도 백지처럼 욕심 없이 웃다니.

연꽃이라서
물속에 피는 환한 불꽃이라 좋다
혼탁한 세상의 뿌리에도
말할 수 없는 아름다움으로 피어 좋다.

해탈이란 것이
저리 현신한 모양이다
수련으로
넘칠 듯 흰색의 자비로.

보편적 변증(辨證)

춥다
덥다

싫다
좋다

죽고 싶다...

다들
그러면서 살더라.

의자가 있는 언덕

의자는 그곳에 있다
낡고 병들었지만
비참한 과거는 묻지 않아도 된다
대답해 주지 않을 테니까

그동안 수고했어
사느라 힘들었지
앉았다가 가
좀 쉬어
아직 갈 길이 멀어

스스로
낡고 병든 의자는
누군가가 찾아주기를 기다리고 있다
먼 곳의 상처도 가까운 불안도 모두가
인연이라 생각한다
진실과 거짓에 휘둘릴 생각은 없다
허물어지지 않게 이해할 뿐이다

매일매일 떠나고 사라지는 숨찬 경주에
인내와 휴식이 필요하다는 것을 의자는
너무 잘 알고 있다
그러니까 견디는 일에 익숙해져야 한다
낡은 의자는 꺾인 관절을 불안해하기보다는 생의 벼랑을
오르려는 아슬아슬한
용기와 난간을 붙든 위태로운 희망에
위로하길 좋아한다

그곳에
숲이 보이는 높은 언덕에 가면
의자가 있다
병들어 낡은 의자는 세상의 그림자를
한눈에 보며 자신의 상처를 다 드러낸 채
손짓한다

어서 와
힘들잖아
갈 길이 아직 멀잖아

사랑하기 주저하는 변명은 있어도
사랑하지 못할 이유는 없다
때로,
참 웃기고 이상한 사연은 있어도.

인형의 집

우리는 흔들렸을까
흩어진 햇빛 속에서도 멋진 연애를
한 것뿐
아무런 잘못도 없는데
인형의 집 속, 그녀의 저 낙관성 없는
근원은 언제부터 어둠 속을 서성이기
시작했을까.

나는 여름에 냉소적이다
여기저기 출렁거리는 그녀의 여름을
생각하면
아스피린 약 기운도 정적에 휩싸인다
그러나 어쩌면, 인형의 집 밖
뉴욕의 그 푸른 유리창 안이라면
내 보잘것없는 자존심은 시퍼런
날을 세울 수 있지 않을까.

심하게 흔들리는 뉴욕행 마을버스를
타고
차창 밖으로 스치는,
짧은 열병으로 곧 나약하게 버림받을
매미 떼창에 차갑고 날카로운
반발심을 던지며
새벽의 알알이가 용수철처럼 튕겨져
나오는 그녀의
(인형의 집) 시집을 읽는다.

그래, 뉴욕에 가는 거야
막 겨울잠에서 빠져나온 비참한
기억의 사랑을 찾다 보면
그녀가 던져준 수수께끼 해답은
인형의 집 언저리에라도 있겠지.

꽃과 별과 달은 페이지마다 구름과
바람에 밀물이 되고 썰물 되어
움켜쥔 기억과 부서진 추억으로
시시하게, 애틋하게, 혹은 허약한
냉기로 토네이도를 부른다.

마른 소주 한 잔에 털썩 주저앉은 도시
전체가 흐물거린다.

“돈이 전부다! 사랑은 성욕의 껍데기일 뿐이야.”
“타락은 나와 무관해. 뜨는 별이 울고
지는 꽃이 웃는 거 봤어?”

덜컹거리는 버스 탓에 작은 글씨가
동공을 찌르고
태평하게 선잠에 빠진 승객들.

거리의 잃어버린 낭만 속 인형의 집과
추락한 시집의 시들이 다시 빰을 타고 기어오를 때쯤,

이번 정거장은 테헤란역이라 소리치는
친숙한 그녀의 안내방송
어쩐다
뉴욕행 버스가 아니었나
버스는 정차하고
엉거주춤 입구에 서서 망설이는 나를
거칠게 밀치며
낡은 모자를 깊게 눌러 쓴 건장한
남자가 작은 상자를 들고 올라탄다
케익상자에 새겨진 선명한 한글 로고,

'뉴욕제과점'

테헤란에도 뉴욕제과점이 있다
뉴욕의 인형의 집은 알고 있을까
한 차례 소나기가 지나간 비탈길
나무인형도 은밀하게 진눈깨비처럼
할퀼 수 있다는 걸.

모네의 여자

재범의 펄펄 끓는 분노는
모네에 대한 지독한 미움과
원망의 질투이다
모네에게 강탈당한 그 여자를
까맣게 잊었다
아니, 잊었다고 생각했다
그래야만 모네에게 엄마를 빼앗긴
어린 두 아이와 살아갈 수 있었으니까

겨울철 북쪽에서 불어오는 찬 바람은
오래전 떠난 그 여자 냄새를 닮았다
빛의 색채에 설레어
클로드 모네(Claude Monet)를
사랑하게 되었고
결국 화가가 되려고 모든 것을 버린
배신의 수련

죽을 만큼 사랑한다던 남자와
아이들을 미련 없이 내던지고
십 년 전 홀연 모네의 땅
프랑스로 떠나버린 여자의 근황이
사흘 전 금의환향했다며
어느 조간신문 문화면을 대문짝
만하게 차지하고 들어앉았다

분노의 식은땀이 곪아 터진
척추를 비집고 빠져나오건만
어찌 된 일인지 배신으로 조각난
재범의 심장 불꽃은 오히려 생기를
되찾으며 엄청난 파열음과 함께
분수처럼 튀어 오른다

미련하고 멍청하게도
원망과 미움을 가장한 재범의 몸은
지금까지도 몸서리치며 뜨겁게
기억하고 있었나 보다
불같이 뜨거웠던 그 여자 냄새를

헐값에 팔려간 이야기가 아니다
그 여자의 냉정한 미래는
피의 희생 위에 종탑처럼 세워졌고
종은 이미 깨져 신음하며 뒤틀려
소리를 잊은 지 한참이지만
모네의 여자가 돌아온 이후
재범에게는 새벽부터 아무도 모르게
대문 빗장을 열어두는 이상한 버릇이
생겨났다

바담풍 바람풍

개나리가 개날개날 웃으면
진달래는 진달진달 미소짓고
영산홍은 연신연신 방긋방긋
바람은 한들한들 입 맞추니
금빛 햇살 펄펄 나빌레라

꽃으로 향기로 환한 미소로
제 몸 전부로 마냥 즐거우니
아마도 뒤척이는 붉은 가슴에
봄은
암팡지게 멍 때리려는 모양이다

그러나
나는 바담풍 해도
너는 바람풍 해라.

바담풍 바람풍 : 자기는 그르게 행동하면서 남에게는 옳게행동할 것을 요구함

메아리

무궁화 꽃이 피었습니다
무궁화 꽃이 피었습니다
무궁화 꽃이 피었습니다
무궁화 꽃이 피었습니다
무궁화 꽃이 피었습니다
무궁화 꽃이 피었습니다
무궁화 꽃이 피었습니다
무궁화 꽃이 피었습니다
무궁화 꽃이 피었습니다
·
·
·
그리고
그는 무궁화나무 아래서
나쁜 분노(憤怒)를 도둑질했다.

소나기

이만 끝내자!

뼈를 찌르는
날카로운 너의 독설

사랑이 매섭게 돌아선 것인지
이별이 몸을 날려 몰아쳐 든 것인지

붙잡는 미련에 갈가리 찢기는
가슴속 처절한 몸짓

생애 절정에
가장 황홀한 격정이 죽자

비로소 보였다
그 쓸쓸한 아름다움

내 한 뼘의 성장
그 소나기.

소녀

아직도
뽀얀 떨림이 있기에
그대라는 봄이
얼굴을 붉히고 입 맞추길 곪은
온몸을 풀어 날리며
악몽에 시달리던 소녀는 선명한
빗소리에
노란 우산을 펼친다

꽃씨를
잘근잘근 씹어 먹은 지난봄의
조그만 이별이었지만
약 기운으로 아득한 시간은 힘겨운
섬세한 추상이었던지라
날카롭게 잘린 소녀의 은빛 햇살은
우산으로 가리기에 사정없는 그뿐인 습관.

보편적 진리

#: 돈

돈 없을 때 돈 없음을 원망하더니
돈 생기자 돈 많기를 욕심내네.

돈에 울고 돈에 웃고
돈에 구속된 인생 돈으로 끝나고.

#: 정

정으로 만나 정에 살더니
정 떨어지자 정 떼는구나.

정 보낸다고 정 가는 것도 아니니
정으로 보듬고 정 품어 살아보세.

#: 산에 사는 새

산에서 태어난 산새는
산에서 살아야 산새라네.

산새가 산을 떠나 산다면
산새가 아니니 어찌 산새라 하랴.

#: 사랑

사랑할 때는 사랑이 전부인 줄 알더니
사랑이 끝나자 사랑 따위는 안 믿네.

사랑에 웃고 사랑에 울다가
사랑에 버림받자 사랑을 원망하네.

#: 자존심

가, 가요. 가세요. 가시라고!
가라고, 가라니까. 가버리라고! 가 버리란 말이야!

제발...

가지마, 가지 마라. 가지 말라고! 가지 말란 말이야!
가지 마요, 가지 마세요. 가지 말아 줘요!
가시면 나 죽어요!

결국 그녀는 가 버렸다.
있을 때 잘할 걸.

풀꽃

1

이름 없다

슬퍼 마라

내가 널 기억한다.

2

꽃으로

피어도 좋다

너도 아름다운 사랑이다.

3

미안하다

오만한 가치로

네 아름다움에

차별하고 선을 그었구나.

4

고요한 가슴에 봄은 왔는데
춤추며 속삭이던 네 뜨거운 가슴은
무슨 일로 꽝꽝 얼었나
강은 푸르고 산 우거지니 구름인 듯 머물지 말고 바람처럼
달려오라.

원앙 수놓은 비단 휘장처럼
새벽안개 드리우면 사랑이 아니어도 좋다
지인이 아닌 지음으로
우리 그렇게 소리 가려주고
또 그렇게 거문고 소리 담긴 뜻 이해하고
목소리만으로 눈물의 기미를 눈치채는
사랑이 아니면 우정으로
복수초로 노드 바로
만년설 밑 바위틈에서.

5

그 길에 들어서면
무겁고 지친 어제의 삶을 씻어내는
불가사의한 비밀의 빛이 몽환의 베일에
가려진 채 따스한 체온으로 눈부시게 살아 있음을 볼 수 있습니다.

그 길을 걸으면
독하게 어둡고 추운 오욕과 칠 정으로 찌든 우리 자신을 잠시나마 몰아와 망각의 그늘 속에 가둘 수가 있습니다.

오로지 높은 곳과 앞만 보고 달려온
당신의 불행한 삶은 그 길을 걷다 보면 가시마다 공허마다
생명의 강물이 흐르고
순수한 사랑의 색이 푸른 꽃밭에 주렁주렁 매달려 있음을 깨닫게 됩니다.

길을 걸으세요
하늘과 땅을 숨겨버리는 장마 구름이
새까맣게 몰려오기 전에 이별과 절망과
괴로움과 후회를 더 깊게 배우기 전에
인생의 봄날과 준비하는 아름다운 죽음으로, 순결한 소망과
구원으로, 겨울이 다 가기 전에 홀연히 들에 꽃 피우는 단비
한번 내려 보세요.

우리 함께 걸어요
인생의 봄바람으로 아장아장
민들레 홀씨 되어
사랑하는 사람들에게 걸어가요
아득히 잊고 살아온 뜨거운 심장의 소리를 들어봐요
긴 생애의 어두운 터널 속에서 너무 지치고 힘드니까요.

6

안녕하세요
반갑습니다 처음이죠 우리?
혹시 민들레 꽃씨를 보셨나요?

혹시 당신의 빈집에 빗물이 새고 있지
않나요
갈라진 벽 틈새로 기적소리 문 닫은 완행열차가 지나가기도
하고요
아, 그래서 민들레 꽃씨가 날지 않는군요
아아, 그래서 등을 보이고 도망치셨군요.

그럼 이제 가슴에 고장 난 시계를 꺼내 보세요 수리가 필요한
것 같군요
물론 새것으로 사시겠지만
종소리와 북소리는 머리만 혼란스럽게 만들죠.

당신에게선 땀 냄새가 나지 않는군요
다시는 창밖 빗소리에 귀 기울이지 마세요 지난여름 소멸한
사치스러운 감정의 넋이 머릿속에 윙윙 벼락치길 갈망한다면
모를까
민들레 꽃씨 앞에
수절을 거부하는 과부가 아우성 죽이면 모를까

푸르게 휘날리는 보리밭 물결로 어제의 모르는 채 하는
체면을 연소하고 싶다면
사라지지 않는 지질한 생각과 홀로 오싹한 외로움과 다락방
맨 밑바닥에 짓눌린 컴컴한 냄새와
미련한 자유를 꿈꾸는 지독한 고통의 발광과
하수구와 낡은 침대 사이를 끊임없이 날아다니는 뼈만 남은
고양이의 헛구역질과
더듬는 두 손에 도무지 잡히지 않을
민들레 꽃씨로
당신 피부에 덧씌워진 죽은 자의 와르르 무너지는
몹시 가난한 사람의 행복에 무게의 추로 망각을 달아보세요
당신 눈썹 끝에.

서열

숟가락이
젓가락에게 물었다
우리 일심동체 맞지?

젓가락은
숟가락이 밥을 뜨자
반찬을 집으며,

밥과 반찬이 먼저지.

노을

진종일 당신 다스리며 살다 가신
어머니 보듯
무거운 몸 두드려 상념 녹여 안고
살랑이는 봄바람 유혹에 자지러지다가
문득 자신을 낮추며 비켜 타는 노을 앞에
개똥 같은 눈물 왈칵 쏟음은

누렇게 익어 가는 짧은 인생이
어제와 다름없는 아쉬움 탓이라도
어머니가 그러하셨듯
나 또한 겸손의 당당함으로
오늘이 가장 행복하길 원한다.

엄마

#1;
모항의 얼어붙은 뻘강이
녹을 때쯤이면
출렁이는 봄바람에
어머니 구부정한 마음은
솟아오르는 새떼처럼
비췻빛 창공 끝에서 수련하다.

지난겨울
상심한 어머니 구슬픈 이야기가
뻘 속에 기지개 켜는
상합 생합 피합 참조개로
깊게 파인 주름살에
꽃을 피우는 까닭.

#2;
산과 같이 튀어 오르는 울림이며
물결 같은 설렘의 몽환이다

막차를 놓친 무수히 상심한 밤과
흥건하게 엎질러진 환희 끝 시름에도

오직 떨리는 은목서 향기이고
꽃과 별로 부는 명지바람인 당신

절대 부서지지 않을
동백꽃 향기 가득한 나의 신앙이여.

다락방 사색

#1: 등대

여기 서서

당신만 바라보는

영원한 바라기입니다.

#2: 우리

난 촛불
당신이란 바람에
정신없이 흔들리는.

그대는 안개
도무지 알 수 없는
베일 속 오리무중.

가끔 내 생을 위로하며

어쩌면
지금을 기억하려고
백지에 선을 긋는지도

파도소리가 들리고
바람에 슬픈 응어리 날리거나
비가 한바탕 쏟아지는 아침이면

천 개의 웃음과
만개의 소소한 행복을
하나의 설렘으로 그린다

봄꽃은 활짝 피고
남기고 갈 추억이 춤을 추면
숨 쉬는 공기 속에 농밀해지는 화사한
백양 숲처럼

다 헤아릴 수 없는 가슴속
흘러온 짧은 생애의 위로로
선을 긋는다
참된 행복의 사랑을.

진실의 강

강한 존재의 눈물은 왜
침묵의 구실로 불려야 하나요
도도한 강은 집착하지 않는데
잔뜩 구겨진 돛배의 무관심은
홀로 날아다니며 두려움을 모릅니다
고요한 달빛이 부서지지 않는 한
날카로운 송곳을 품은 습관은
요란한 목소리들을
기억할 수 없기 때문이겠죠

당신의 작은 가슴 가득으로
따듯하게 사랑하는 사람들이 죽어
별이 되었다는 말은 다 거짓입니다
사악한 거짓은 늘 총을 쏘아
붉은 노을 속으로 고래를 날게 하고
분노를 감춘 바다의 온기가 안락함을
부정하려 애쓰면
추운 밤에 홀로 초원을 달리는 야생마는
온실의 꽃은 짓밟아도
차마 후회할 질투는 삼켜 버리죠

깨지지 않는 거짓의 탈들은 무거워진
질량과 부피만큼
떨어지지 않으려 혼신을 다해 서로 껴안고
벌겋게 달아오른 위선의 생각을 입안에
꾸역꾸역 쏟아 넣습니다

그건 아마도
살아 범람하는 별이 된다 해도
풍성한 눈물이 나지 않는 것은
말없이 겸손한 진실의 강이 너무
시시하기 때문이 아닌가요

왜 갑자기
별을 보자 슬퍼지는 걸까요.

백마강 연가

활활 끓는
하늘은 높아 아득하고
낙화암 굽이굽이 도는 바람
타는 듯 휘돌아 맴돈다.

천년의 서러운 사연
고란사 저녁노을에 무심하게 저무니
매듭 역인
잃어버린 세월아
백마강 흐르는 강물에 떠밀려 너는
아무 말도 없구나.

이리도 곱고 서러운 날
그대와 함께 눈부신 백마에 올라타
부소산(扶蘇山)을 거닌다면
속절없는 짧은 사랑에 하얗게 태운
가슴 다시 잠 깨어 피어나리니
마지막 생의 끝자락에서
죽음보다 강하고 절실했던 고란초
한 송이
고요한 월광 커튼 뒤로 감추어 보련다.

지금
나의 슬프고 아름다웠던 사랑이 시작되고 끝난
유유한 백마강에
황포돛배 띄워
뱃머리 홀로서
낙화암 마주하고 있노라니
가슴 저미는 비련의 내 사랑
꽃다운 삼천궁녀 서러운 넋과 더불어
물안개 비단에 휘감겨 자지러지게
흐느끼는구나
때마침 고란사 애절한 종소리 한 서린
춤을 추듯 심금을 울리니
흐르다 맴도는 청춘 덧없어라.

아득한 창공으로 사라져야 하는
내 존재의 마지막 절정도 자지러지며
무너지는 꽃잎처럼
냉소적 비극에 치를 떠노니,

문득 앙상한 기억 속
사월의 어떤 아름다웠던 날처럼
달콤한 벚꽃 향에 취할 수만 있다면
얼음같이 차가운 숨결에도
까탈스러운 매화의 섬섬옥수에도
거침없이 키스하련만,

내 순수한 사랑 욕될까 두렵고
허락된 운명조차 비정하게 꺾어 버린
신에 대한 원망이 너무 커
차마 빛나는 햇살에 부끄러움조차
내색하지 못하겠구나.

한 맺힌 서리 안아 꽃 떨어진 낙화암아
비극의 찬양
어리석은 꿈 젖어
애통하게 흔들리는 백마강아
매몰차게 무너져 다시는 사랑할 수
없는 황량한 이 가슴에
또다시 애증의 굴레를 씌우지 마라
내 사랑에 너무 많은 의미를
부여했던 지난날을 버리고자 너희를
찾았거늘
그리움과 외로움 안개꽃처럼 밀려
온다면
영영 가버린 임을 어찌 뵐 수 있으랴.

그래, 차라리 슬픔도 좋고 아픔도
좋으니
한 포기 스치는 풀꽃 같은 존재
밤하늘이 두렵지 않게 해다오.

우는 듯 웃는 듯 형언할 수 없는
슬픔 서린 은빛 별과
숨 쉬는 묘약으로 능청맞게 타오른다면
혹 누가 알랴
가버린 임 구름 타고 꿈속에 헌신해
상아 꽃잎 수놓은 옥색 치마로 날 감싸 따듯한 봄날 향기로 어루만질지.

"아름다운 그대
당신의 부드럽고 우아한 손길은 수줍은 사랑을 두근거리게 하고
고상하고 품위 있는 눈빛은 격정적
유혹입니다
지난 사랑 달빛 그윽한 뜰 한쪽에 비밀스럽게 감춰 두세요
한 시절 경이롭던 행복만으로도
삶의 전부였으니
늘 익숙한 습관처럼 되어버린 이방인의 자유로움으로 훨훨 나세요
그러다 만약 나 이름 모를 야생화로
다시 피어
당신 애타게 찾거든
푸른 안개 머리에 이고
부드러운 속살에 입맞춤해 주세요
당신의 새로운 사랑에 대한 소박한
질투이니
호젓이 가벼운 걸음으로 오셨다가
그리 가소서."

아픔이 크기에 더 빛나는 사랑은
비바람에도 정의 뿌리 흔들리지 않고
잡는다고 잡을 수 없는 봄날은
시린 창공에도 꽃을 피우리니
사랑은 스치지도 머물지도 않는
신비한 비밀
다정하게 와 무정하게 가버리는
고상한 혼란.

임이여
당신이 너그럽게 허락한다면 차라리
다시 사랑하리
철부지 고독 핑계 삼아
그대 향한 절절한 사랑에 죄 되지
않는다면
어리석은 이별에 목 놓아 울기보단
못 견디게 뜨거운 사랑이 나으리라.

나
죽어야 사는 새
백마강 두견으로 살리라.

꽃도 아는 사실

꽃은 가장 화려하게 피었을 때도
초라하게 짐을 염려하지 않는다.

꽃은 다시 피면 사랑받는다는 것을
이미 알고 있기 때문이다.

삼천궁녀

그리움 멀고 아득해
실낱같이 가냘픈 가슴
까맣게 타들어 가고

꿈결 같은 고란사 종소리
황혼 속
덧없는 바람처럼 흩어지네

도도히 흐르는 백마강에
한 맺힌 푸른 절개
눈물로 서리서리 맺히니

봄 저무는 낙화암에
삼천궁녀 피 토한 붉은 진달래
잠 못 들어 시름 젖는다.

비와 첫사랑

그대라는 꽃
설레는 내 첫 순정에 피어나
괜한 꿈만 오락가락 가로누워요

볼 수 있어도 만날 수 없는 향기
그러나 시들지 않을 꽃
내일의 특별한 추억은 생각하지 않아요

나, 그대에게 어찌 갈까요?

잠 깨어 달콤한 그대 눈빛은
반짝이는 별을 유혹하고
알싸한 커피 향 그대 미소에
벌건 심장 뒤뚱뒤뚱 혼란스러운데

내 눈에 처음 환하게 들어온 그대
흠뻑 주고 싶어도
선홍빛 장미 앓이로 일렁이는 그리움뿐

사랑은 왜
눈물을 태우고 시를 쓰게 하는지
밤새도록 뒤척여도 모르겠어요

비에 흠뻑 젖어 사랑하면 안 되나요
봄꽃에 좋아하고 가을 낙엽에
슬퍼해야만 하나요

그대를 달콤한 그리움으로 좋아합니다
그대를 고백 못할 화사한 수줍음으로
너무 사랑합니다

보고 싶은 사람
꿈에도 가슴에 동심의 전설로 일렁이는
반짝이는 낭만의 새벽이여

허락받지 않은 그리움에
철없이 허둥거려 미안합니다.

탈출(脫出)에서 비상(飛翔)으로

1

버티고 버티다가 이빨 악물고
산다는 것이 정말 지긋지긋해져서
뜬금없이 재미없다고 느낄 때마다
나는 신성한 고통에 시달린다.
밤마다 꿈에 사악한 뱀에게 쫓기다
그림 같은 언덕 위 눈부시게 화사한
복숭아밭에 뛰어들 수밖에 없는
잔혹한 운명의 유혹 때문이다.
세상에 다시 없을 그 탐스럽고 달콤한
복숭아.
투명한 젊음이 아무런 쓰라림 없이
축제의 열기로 뜨겁다는 에덴의 성지
도화 향은 정말 미칠 것 같은 나의
염원이다.

2

그러나 하지만 말이야, 관능과 서정의
냄새는 달라.
그것들은 서로가 절대 어울릴 수 없지.
꼬인 사슬에 묶여 팔을 뻗어도 복숭아를
따지 못해.
그래서 난 기도를 해.
지난 일은 시간 속에 묻혀 앙상하게
죽었어.
그러니 제발 사슬 좀 풀어줘.

3

그러면 마치 기다렸다는 듯 날 쫓던
뱀이 교활하게 웃어.
내게 장미꽃 닮은 제물을 받쳐.
이빨로 꽉 물 거야.
그리고 독액으로 가득 찬 뱃속에 넣어
껍질을 벗기고
간을 새로 맞추는 거지.
그럼 날마다 훅 풍기는 비린내는 사라지고 대신
네 겨드랑이에 가벼운 은빛 날개가 돋지.
그때가 되면 사슬을 풀고
훨훨 날아 복숭아를 딸 수 있어.

4

날고 싶다.
날마다 먼지를 털고 아주 높게 날아
보았으면.

5

나는 아주 못된 꿈을 꾼다.
신음을 삼키며 질긴 살점을 베어
꽃대의 빈속을 헤매는
노골노골해진 아편쟁이처럼
쉬 닫히는 어둠을 타고
화병에 죽은 장미꽃을 꽂는.

6

복숭아는 따지 못하고
화병은 깨졌다.
시들어 죽은 장미꽃은 칼을 꼭
앙물고
일생에 단 한번뿐이라는 탈출은
어깨가 무너져 내렸다.
사각사각
늘 마음을 다치는 질펀한 단골처럼
나의 누더기가 된 뼈를
우악스럽게 깎아내는 이 소리는
날고 날아도 기어코 오르지 못하는
아무도 가지 못할 곳으로 향한
아주 먼 곳으로의 슬픔으로 퍼붓는
어리석은 새로운 탈출로
처참한 고통을 자초하는 자유를 향한
길고 험난할 그래서,
너무나 초라하게 서글픈 미련의
소심한 날갯짓이라 해두자.

7

그렇다면
부러져
자꾸만 허물어지는 자유의 날개로
새벽에서 밤까지
불안한 상상에 파묻혀
가냘픈 은빛 햇살을 그리워하는
독수리의 비상(飛翔)을 향한
설부른 꿈이라 할지라도
나는 당신들의 옛날 사고방식으로
무장 된
어둡고 허기진 불신과 편견을 헐뜯는
배신의 공범자가 되련다.

8

하지만 어쩌면 말이지, 닳고 닳아서
종내에는
아린 첫사랑의 환상처럼
비련으로 사라질 가여운 날갯짓과
축축 늘어지는 가락국수 면발 같은
자잘한 보푸라기들 폭풍에 꺾인 나의
비상으로의 꿈이
사랑할만한 세상으로부터 무참히
거세당해서
비정하게 추방당할 때가 오면
기회를 틈타 망명을 노리던
비겁한 불안과
뜨거운 양철지붕의 동종인 봄을 쫓아
복숭아나무 찾아 월담을 꿈꾸던 인내는
맙소사, 무수한 의심과
거짓에 굴복하여
추락하는 진실 앞에 목놓아 대성통곡하겠지만
그래 결국에 난
밥풀도 묻지 않은 허접한 해골을 안아
외롭게 달린 복숭아를 노리고

아무도 살지 않을 고독한
섬으로 섬으로만 가려는 나약한 의심에
막다른 암벽 위를 아슬아슬 기어오르는 위태로운 공허에 찢겨도
꿰매지 못할 상처의 변명을 그럴 듯
장황하게 늘어놓으며 교활하게도
은근슬쩍 낯설지 않은 골목으로의
귀소본능을 노릴 수밖에.

9

하지만, 하지만 말이야,
복숭아를 따려는 날 끈질기게
확인하는 당신이
빨간 피가 번진 흉터의 허옇게 드러난
이빨 속에
사악한 독을 품었다면
높이 날아올라서야 다 보이는 조잡한
허상의 군무와
날지 못하는 날개로 자꾸 뒤로 접히는
비상의 역방향은
뚱뚱한 햇빛에 깔려 가위를 먹을 텐데
내 목이 졸리며.

10

그래서 슬프다.
미련하게도 오직 복숭아나무를
향해서만 날아야 하는 날개라서.
새파랗게 질린 채로도 날마다
높게 높게 떠올라아만 하는 퍼덕이는
비상이니까.

11

복숭아나무는 볼 수 없다.
이제는 하찮은 것에도 발이 시리다.
모멸 썩인 심심한 부스러기가
캄캄한 공중을 선회하며 비난한다.
(항거하지 마!
아득히 비상하려면 시간이
거꾸로 가는 방향으로
돌려세우란 말이야!)
날개 안에서 방금 자라난
어린 날개가 폭죽처럼 터진다.
상복이라도 입고
불우한 세월에 빼앗긴 자유를
덥석 안아
백 년 전 어느 날로
냉정하게 돌아갈 수 있을까.

12

한 토막 꿈이었다
감옥 안에서 다시 태어나려는
피로 낭자한 날개가
죽어 넋두리로 앉는.

13

(복숭아나무의 녹음은 우거지지
않았어.
그러니 너는 낙엽이 지거든 심장을
다시 뛰게 만들어 봐.)
(너의 염원은 더 뼈 아픈 실패와
시련 뒤에 꽃을 피울지 모르니까.)

종이학

1

내 안에 마녀(魔女)가 살고
있다
그리고 나는 지금 이 고요한 황혼 앞에서 만 겹의 시름을
짜내며 세월의 바람으로 허망하게 스쳐 지나간,
신이 축복하신 낮은 슬픔과
높은 아름다움들에 대한 아쉬움으로
목을 메고 있다.

그것은 아마도 홀연히 우아한 안개가
흩어지듯
시간에 쫓기는 시린 마음이 자꾸만
울타리 너머
흰 국화꽃을 더듬으며
생멸을 함께하자 했던 숱한 벗,
속옷을 벗어 던진 여인들, 행복, 희망,
공명, 추상, 빛나고 아름다웠던 그 모든 맑은 의식들과의
얼음장 같다가 뜨거웠던
희로애락에 대하여 아득히 연연하기
때문이겠고,
무수히 접어 날렸던 인연(因緣)이란
이름의 종이학을 향한 미련이겠지만
기쁨과
사랑과
행복은
영원히 함께할 수 없다는 사실에
너무 슬프다.

2

만약에 말인데,
천지가 이미 짧고 긴 것을 지극히
잔잔하면서 가슴 앓는
봄의 기억으로
평범한 질서를 세워 정해 놓았다면
물처럼 흘러간 그 많던
나의 스침과 생명의 힘은
하늘과 땅의 약속된 조화로
기적보다 더 놀라운 종이학의
굴레 안에 있었는지 모른다.

아, 질투가 난다
그것은 얼마나 위대한 착상인가
삶이 절대 단조롭지 않다는
중대한 증거다
수천수만의 꽃이 피고 지는
눈물로 뒤흔드는 잉태의 신비와
초현실 속 두려운 비밀이 아니랴
결국, 묵묵히
신은 나를 사랑했던 것이다
그래서 나는 다시 마녀의 틈새를
노리고 기적을 쟁취하려고 한다.

3

나는 마녀를 베려고 신에게 기댄다
캄캄하게 알 수 없었던 만남은
당신이 서 있는 지금 그 자리에서
혹은 불투명하다고 믿는 미래에
필연적인 시간의 질서와 약속의
연으로 이어진다
종이학을 접는다.

인(因)과 연(緣)의 복잡한
사슬 안에서 결과를 만드는
직접적인 원인과
그 인을 밖에서 도와 결과를 도출하는
간접적인 힘이 되는 연줄로
우리를 칭칭 감은 모든 사물은
이 인연에 의하여 생멸한다.

자, 그렇다면 저 손바닥만 한
인생을 방해하는 마녀를 앞에 두고
나는 지금까지의 삶에서
인연의 배려를 빌어
소중한 기억과 추억들을 훔쳤는지
고민해 본다
인생을 모두 걸고서
과연 누구를 사랑했으며
어떤 행복과 희망으로 함께 울고
기쁘게 웃는 인연의 종이학을 접었나
(웃기는 개소리다!
인생 자체가 배고픈 지옥인데
그런 가혹한 질문을 하다니.)

4

무엇인가를 처음 접한다는 것은
두려움이 떼창으로 와르르 앞선다.

내 인생에도 진짜 봄이 있었다면
종이학을 얼마나 접었을까
사람이 사람을 만나 외롭지 않은
사람으로 좋아하고
사람답게 불타는 영혼으로
고결하게 사랑하다가
사람답게 괴롭거나 슬프지 않을
아름다운 이별로
바다 같고 산 같은 추억을 첩첩으로
겹겹으로 쌓는 것이 아닐까, 아주 잠깐
그런 사치스러운 의문에
싸구려 고민으로 비싼 시간을
낭비한 때도 있었지.

하지만 살면서 마녀의 방해로
몹시 힘들고 외롭거나
누군가 죽을 만큼 그립고 보고 싶을 때
인연의 종이학을 접듯
어둠 속에 켜지는 촛불같이
깊숙한 추억 하나 꺼내 보며 꽃처럼
웃을 수 있다면
그것이 바로 황홀한 음악이고
생이 바르르 떨리는 그림이며
밤하늘에 달을 따려는 꿈이지 않겠는가.

5

종이학을 접는다
슬픈 사랑도 눈부신 아침도 모두 다
마음에 뜬 고요한 황혼 속에서
나와 당신을 기다리는 미지의 길목과
찰나가 아닌 영원으로
반짝이는 저 무수한 별과
편안한 이별의 순간에도 추억이란
종이학을 접어보자
스침의 종이학도
만남의 종이학도
다 정해진 천지의 이치라면
어디로든 닿으려 훨훨 날아오를 터
그리움을 태우고 외로움을 날려버리지 않겠는가.

다 쓸데없는 개소리가 아니라면
나는 오늘 마녀의 방해와는 상관없이
한 마리 종이학을 접으러 가련다
결코, 조잡한 비밀이 아니라고 믿는다
닳아버린 머묾과 인연의 추억이라는 종이학을 접겠다
종이로 접은 학이 하늘을 날 수 있다는
잔잔한 소망의 파문은
죽기 전 반가운 봄비다.

6

맙소사! 종이학은 날지 못한다
종이학을 접으면
돌 안에도 꽃이 핀다고 확신했었다
인연의 힘은 사람의 힘보다 수만 배
크다고 믿었는데
안개가 걷혀야 드러나는
낮은 슬픔과
비가 한바탕 후드득 지나간 후
샘 솟는 높은 아름다움이
갑자기 내 안의 어디에도 찾을 수 없다
종이학은 낡은 집
무서운 마녀가 지배하는 어두운
비밀의 방에 꽁꽁 갇혔다.

경칩마저 떨어져 나간 대문이
언제부터인가 녹슨 쇠사슬에 칭칭
감겨 외면당한 채 방치되어 있다
얽히고설킨 거미줄과 키만큼 자란
잡초들
담장을 넘지 않고 비밀의 방이 있는
문 저쪽으로 들어갈 수 있는,
개구멍만이 유일한 통로다
마녀의 유일한 허점인 개구멍은
진한 화장을 한
늙은 상록수가(내 안의 또 다른 내가)
가로막고 있다.

갑자기 음습한 적막을 타고
마녀가 지배하는 비밀의 방에서
재능과 명성이 포박된 종이학이
섬뜩하리만치 괴상한 신음을 토해내기 시작한다.

7

무거워져 낮게 비행하던
까마귀 한 마리가 하직이라도 하듯
늙은 상록수에 머리를 처박고
퍽! 땅바닥에 패대기 처진다
사악하게 웃으며 기다리던 어둠이
순식간에
해일처럼 와르르 쏟아져 내리고,

돌연 적막을 부수며
마녀에게 사로잡힌 종이학의
깔깔거리는 웃음소리가
불 꺼진 비밀의 방에서 발을 구른다
웃음소리는 곧 작아지고 이해할 수
없는 중얼거림으로 바뀌더니
모골송연한 통곡 소리로
비밀한 울음으로,
(어둠이 싫어! 훨훨 깃을 치는 고운 해가
좋아!)
(그럴게, 아픈 피를 철철 흘리길
원한다면 쓸쓸하고 괴롭게 온몸 껍질
벗을 테니 제발 부탁이야.)
(향기로운 주검이 되도록 날게 해줘!)

그 흔한 봄날 바람 한 점 없다
푸른 도깨비불도 보이지 않는다
웃다 중얼거리다 괴상망측하게 울어대는 종이학의
쭈뼛한 소리의 파장은 밤새도록 계속되더니
화염 치밀어 오르는 태양이 뜨는
아침이 되고
마녀가 관에 들어가서야 사그라든다.

꿈에서 깼다
온몸이 식은땀으로 흥건하다
황급히 창문을 열고 대문을 살펴본다
봄비는 그쳤다
새로 색칠한 파란 대문은 아침 햇살에
수줍은 자태로 기름지다
비밀의 다락방에서 마녀의 날카로운
목소리가 날아와 뒤통수에 박힌다
다 버렸다고
아니, 넌 아직 무거워
마음이 좁아
공기로 바다로 변해야 해
(멍청아, 벌레 같은 세상이 두려우면
넌 바위보다 무거운 티끌에 불과해.)
(아우성쳐 널 속이지 마. 앵두꽃도
오얏꽃도 창조의 샘물로 피는 걸 몰라?)
(버려, 네가 가벼워져야 종이학이 날아.)

8

심리적인 안정이 필요한 가을이다
내 인생을 닮은 어느 날
봄이 가고 여름이 비켜서자
종이학을 손짓하는 높은 창공에는
붉은 노을빛이 구름을 헤쳐 돌아
숲 언덕에 찾아들고
시리고 투명한 물가에 푸른 잎새가
차분하게 핏빛을 머금기 시작하자
구부정한 마녀의 허리를 짊어진 채
멀리 비켜선 비밀의 방 앞마당
늙은 상록수의 구슬픈 이야기가
굶주린 해일처럼 높고 드세게 변명으로 이어진다
(네게서 독한 페로몬 냄새가 진동해.)
(넌 철새가 아니야. 가을도 속절없이
무너져 가고 있어.)
(비밀의 방문을 열고 종이학을 날리려면
독 먹은 칼끝으로 차마 놓지 못하는
미련이란 놈의 멱치를 짤러.)
다 놓았다고 생각했다

버린 것은
체면이라는 직선이고
버렸다고 생각한 것은
관념의 고정이었다고 자신했지만
다 거짓이다
나는 정답을 잃고
습관이란 참 무섭다는 사실에
또 한 번 주저앉는다.

9

어지러운 푸른 이끼를 버겁게 짊어진
수평선 너머 파도는
낮은 구름을 넘지 못하고 퍽퍽 넘어진다
점점 무기력해지는 희미한 안주에
시새움은 별로 없다
마녀의 빗자루 끝에서 뻗어나는
관념의 직선은 어설프게 날카롭고
여전히 습관의 빗금만 꽃처럼 아름답다
사방으로 흩어지는 찢어진 종이학들의
시체들만 겁 없이
펄펄 끓는 아랫목으로 기어드는 착각에 푸르르 떤다.

10

마녀가 좋아하는 습관은 활활
타버려야 한다

자전축은 공전면과는 직교하지 않고 23.5° 기울어져 있다
빗선이다
관념의 고정을 벗어난 사선각이다
별 떼처럼 쏟아지는
삼백육십오일 삭아 구멍 뚫어진
습관과 이별할 생각이 전혀 없던 난
용기를 내어 다시금 천연덕스럽게
시선을 삐딱하게 들어본다.

번들거리는 해가 있고
그 너머 낮별이 장막을 드리운
무던한 중심에
냉정하게 뒤틀리는 현실과의 거리는
추상과 이론으로 서로 뒤엉켜
마녀는 극심한 갈증에 목이 타
아우성이다

어서 종이학을 날려 봐!

11

늙은 상록수 위로 태양은 거꾸로
쏟아져 내릴 뿐
마녀에게 지배당하고 있는
비밀의 방 안 종이학의 간절한 기도는
방치된 채 부지하세월인 줄 알았는데,
홀연 목이 긴 습관과 혀가 짧은 미련이
화투판 화냥년의 치마 밖으로
탈출하려고 요동치기 시작한 것은
이른 새벽부터 심장을 꼬집어 끓인
할머니의 구수한 우렁이 된장국 냄새가
비밀의 방 자물쇠에 쾅쾅!
정을 박는 그때,

절망의 밤을 깨며
마녀의 몸이 푸른 불꽃으로 뒤덮이는
위대한 화형식과
빗선으로 솟구쳐오르는 종이학의 비행
아, 우아한 곡선을 본다
무지갯빛 현란한 사선각이다.

12

마녀가 화형당하는 날
늙은 상록수가 남긴 우쭐한 오만과
허울의 잔해도
함께 불에 태웠어야만 했다
타락한 음영 안에 구겨져 처박힌
불사신 같은 암사의 살모사가
다시는 고개 빳빳하게 세우지 못하도록
한 방울로도 차돌을 녹인다는 독액을
전부 쏟아부어
커다란 무쇠 항아리 안에 강철 사슬로
결박시켰어야 했다
마녀가 사라지고 종이학은 푸른
창공을 아름답게 비행하건만
혈관을 타고 소리 없이 흐르는 교활한
오만의 자아는 뒤틀리는 저항으로
낯선 새로움을 거부하며
사악한 오만의 창과
불행한 아집의 방패로
또 다른 마녀를 영접하려고 한다.

13

가시밭 광야는 끝이 없다
바람을 가르며 허공을 질주하는
종이학이 살점 뜯겨나간 앙상한
뼈만 남긴 채 주검 앞에 헐떡인다
못난 지혜로는 해답을 찾을 자신이
없다.

길을 잃었다
태초는 보이지 않고 유약하게
숨어 있길 좋아하는
인내와 겸손마저 지옥의 유황불에
갇혀 신음한다.

오지 않을 새벽 앞에
빛과 어둠으로 마주 서리라
실오라기 하나 남김없이 벗고 또 벗겠다.

난 더 이상 도망치지 않아
평생을 이렇게 끌려다닐 수 없다
이번에는 반드시 마녀의 촘촘한
쓰레그물 속에서 완벽하게
탈출해야 한다.

14

내 안에 괴물이 살고 있어
놈의 더러운 만행은 상상을 초월해
단것만 빨아들이고 쓰고 쉰 것은
가차 없이 구겨 처박는 놈은 마녀의 찌꺼기,
음험하고 교활하며 야비한 데다가
최소한의 줏대까지 없어
시도 때도 없이 팔랑거린다
악다구니는 천정에 구멍을 뚫고
급기야 바닥까지 치며
종이학을 갈기갈기 찢어발기려고
핏줄을 시뻘겋게 튀어낸다.

마음이 하루에도 열두 번 엎어지고
뒤집히는 것은
놈의 간교한 명령
떼려야 뗄 수 없어 완전한 화형은
불가능하니
열사의 사막은 어떨까
지옥의 불길이면 태워 완전히
소멸시킬 수는 있는 걸까.

15

신은 착하지만
독버섯처럼 자라나는 마녀의 저주는
철저히 외면하면서도,
(인간의 몫이다. 그러니 끊임없이
종이학을 접어라.)
(단죄는 오직 비난과 의심으로부터
자유로울 때 큰 그림을 그린다.)
신을 미워하지 않고
마녀의 저주에서 벗어날 수 있는
놀라운 해답을 주셨다
종이학과 함께
한세상 욕심 없이
푸른 하늘을 훨훨 날라고,

늙은 상록수의 잎으로는 더 이상
마녀의 빗자루를 만들 수 없다.

외출

신은 죽었다. 파탄을 억제할 수 없어
도시의 불빛은 바람에도 날리지 못한다.
그래서 네가 살아있는 거야.
그러니 니체를 보기 전에 먼저 가,
가보라고, 차라투스트라를 만나 보란
말이야.
아니 그 전에 수염부터 기른 후 손에는 별이 가득한 천구를
들어야 해.
자, 그럼 이제 가.
준비됐으면 원 밖으로 탈출해.
정신없는 시간의 발목을 잡아 놓고 있는 촛불 속 흐린 시련
의 계절을 느껴 봐.
허락은 필요 없어.
네가 원하면 되는 거야.
외출이야.
어서 가라니까.
사나운 만남과 이별로 지지고 볶는 원 안에 있지 마.
그럼 넌 말라서 죽게 돼.
현명하게 조로아스터(Zoroaster)의 예언을 찾아 떠나란 말
이야.
선한 영 '스펜타 마이뉴'와 악한 영 '앙그라 마이뉴'의 대적

을 경험해봐.
선과 악, 또는 물질과 정신의 대립으로 파악하는 '이원론'
이 아닌지 네 판단이 어떻게 결론을 내릴지 모르겠다.
결국 너도 세상만사가 선한 신 아후라 마즈다의 의지에 따
른다고 주장하면서
선을 추구하는 윤리적인 결단을 요구하는 데 찬성하겠지.
마법사의 제자가 되어 악을 응징하겠지.
니체는 신이 죽었다고 했으니까.
네가 심판하겠지만,
하지만 가만히 생각해봐.
그동안 널 사슬로 옥죄이던 실존적 고뇌가 무엇이었는가
를, 그런 다음
"어떻게 원한과 증오로 병든 인간이 아니라 생명력 넘치는
건강한 인간이 될 수 있는가?"
"어떻게 인류의 미래를 건강하게 만들 수 있는가?"라는 물
음을 니체에게 다시
던져봐.
만약 지금도 최악의 적은 자기 자신이라고 니체가 말한다
면
외출을 끝내.
허락된 자유가 기다리고 있어.

다시 원 안으로 돌아와.
널 사슬로 묶었던 사과나무는 젊고 새파란 잎을 피울 거야.
사과나무 아래 스피노자와 나란히 앉아
밝은 얼굴로 차를 마실 수 있을 거야.
뚱뚱한 친구들을 불러.
뱀의 혀를 닮은 애인도 초대해.
넌 외출에서 돌아왔으니까.
사과는 계속 열릴 테니까.

아름다운 어느 날

고단한 삶을 버틸 수 있음은 가을이 오기
때문이다
잎새마다 생은 달라도 떠날 때 붉은 단풍으로 전율할 것 같은
유종의 미를 거둔다.

매일매일 울고 싶은 심정으로 운명의
회오리에 속절없이 날리는 사람들
엉망진창인 섬뜩한 생의 희롱에도
단풍처럼 아름다운 어느 날은 있겠지.

옥매화(玉梅花)

봄은 언제나 슬픈 계절이다

봄이 오면 사랑의 은총이 가득한
호수 변에 일제히
옥매화(玉梅花)가 흐드러지게 피어나
옥매의 꽃을 빼닮은 유부녀
순예를 향한 간절한 사랑으로
가쁜 숨이 턱을 뚫고 솟구쳐 올라
하얀 얼굴과 분홍색 두 볼이 예쁘던
그녀가 애절한 그리움의 창을 또 하나
연다

상섭의 넓은 가슴에는 너무 오랜 시간
순예의 젖내나는 체취가
자지러지는 숨결을 빌미로
다닥다닥 피어 떨어지지 않고 있어
꿈이 여러 갈래로 갈라지는
틈과 틈으로
슬픔이 원숙해지는 저녁 한때
시린 마음으로 떨릴 때 즈음이면
그의 가물거리는 기억의 뜰에
새하얀 옥매가,
너무 아픈 추억의 호수에는
분홍빛 옥매의 꽃이,
넋을 조이는 미혼향으로 날아올라
상섭의 모든 삶에 미친 불을 붙인다

보편적 그리움이나 외로움 따위로는
애당초 설명될 수 없는
푸른 하늘이 깨지도록
지독한 광풍으로 압도하는 전율로
이상한 고요함을 주렁주렁 피어 놓는
꿈 같은 혁명으로
이루어질 수 없었던 그들의 애절한
사랑 이야기를 조목조목 곱씹으며
언제나 갈망하는 영혼의 아름다운
결말이 옥매의 꽃으로
은총이 가득한 호수 변을 희고 붉은
불멸의 고백으로 물들이지만
도덕의 근원으로부터 그들의 타락은
여전히 자유롭지 못하다
그래서 봄은 언제나 슬프다

이 봄에도
유부녀 순예의 승리를 향한
간절한 눈물이
구원받지 못한 상섭에게
비극적 순결을 강요하고 있다
옥매의 꽃이
심연의 꽝꽝 언 강을 깨려고
매혹적으로 피어나는 걸 보니.

무창포

단풍잎 곱게 물들면
함께 가자 해놓고
그리움이 짓누르면 사심 없는
인연으로 흘러온다고 하더니

거울 앞에 앉아 화장하는지
달빛 흐드러진 이 밤
만고로 시퍼런 무창포 가슴에
바닷새들 부리만 쪼아대네.

목련(木蓮)

꽃 같은 그녀가 떠난 뒤
지금 이 봄바람은 반드시
견뎌야 하지만
발버둥 치며 죽어가는 심장을
애타는 역사로 꼬집는
참으로 슬픈 고압전선임을 안다

지친 것들로 어지럽게 흩어져 가는
앙상한 생애를
펄펄 솟구쳐 오르는 7000V의 전압은
윙윙 회오리치며 울부짖는다

화사한 목련이 눈물겨운 향기로 울던
어느 찬란한 봄날
"위암 말기래. 그래도 한 달은 산대.
나만의 시간을 가지고 싶어."
그녀는 너무나 당당한 이유를 대며
헐거운 내 곁을 떠났다

그 봄의 마지막 날 밤
하얀 목련은 붉은 핏덩어리로 떨어져
내 심장 한가운데 7000V의 전압을
가둬놓더니
피고 지고 피고 질 때마다 구슬프게 울어댄다

이상하다
올해에는 채 잔설도 녹지 않았는데
뇌 속에서 전혀 예상치 못한
낯선 징 소리가 울기 시작했다
심장 깊이 엉엉 울어대던 7000V 전압은
언제까지고 깨져 부서지지 않을 줄 알았는데
이방의 징 소리에 죄인처럼 약해지며
중심을 지켜내지 못한다

새벽에 악몽에서 깨어나 보니
지난 밤 시퍼런 벼락에
앞마당 목련 나무의 허리가 댕강 부러져
나갔다
나는 고개를 돌려 애써 외면한다
어쩌면 매정하게 밀어내야 할 것에 대한
공포심과
버려야 하는 떠밀림에 아직은 익숙하지
않겠지만

봄바람이 분다
이상한 부활의 흔들림이
못된 이별의 아픔을 베며
곤란하게도 천천히 조금씩 살아난다
A에게 문자가 도착하면서

이제 내가 너의 목련으로 피면 안 될까?

의자가 있는 언덕

김서곤 제2시집

2019년 6월 21일 초판 1쇄
2019년 6월 25일 발행
지 은 이 : 김서곤
펴 낸 이 : 김락호
디자인 편집 : 이은희
기 획 : 시사랑음악사랑
연 락 처 : 1899-1341
홈페이지 주소 : www.poemmusic.net
E-Mail : poemarts@hanmail.net

정가 : 10,000원

ISBN : 979-11-6284-118-1